EL DUENDE VERDE

Para la dinamización en el aula de este libro, existe un material con sugerencias didácticas y actividades que está a disposición del profesorado en nuestra web.

© Del texto e ilustraciones: Violeta Monreal, 2000
© De esta edición: Grupo Anaya, S. A., 2000
Valentín Beato, 21. 28037 Madrid
www.anayainfantilyjuvenil.com

1.ª edición, marzo 2000
27.ª impr., abril 2024

Diseño: Taller Universo

ISBN: 978-84-207-0032-8
Depósito legal: S-1699-2011

Impreso en España - Printed in Spain

PAPEL DE FIBRA
CERTIFICADO

Reservados todos los derechos. El contenido de esta obra está protegido por la Ley, que establece penas de prisión y/o multas, además de las correspondientes indemnizaciones por daños y perjuicios, para quienes reprodujeren, plagiaren, distribuyeren o comunicaren públicamente, en todo o en parte, una obra literaria, artística o científica, o su transformación, interpretación o ejecución artística fijada en cualquier tipo de soporte o comunicada a través de cualquier medio, sin la preceptiva autorización.

EL DUENDE VERDE

Violeta Monreal

NO QUIERO UN DRAGÓN EN MI CLASE

Ilustraciones de la autora

QUERIDO LECTOR

Antes de empezar a leer este libro te puedes hacer dos preguntas:

¿Existen los dragones?

¿Pueden ir los dragones al colegio?

Y cuando termines de leerlo sólo debes hacer una:

¿Dejaría entrar a un dragón en mi clase para estudiar conmigo?

Sin embargo, el hecho de que existan o no los dragones o que estudien o no en un colegio no es lo más fantástico que sucede en este libro.

Lo más fantástico es la lección que nos dan los padres, los adultos. Los niños ponen problemas y más problemas, muy lógicos por otra parte, y los adultos, con mentalidad constructiva y positiva, buscan soluciones dando cada uno lo que puede para, juntos, conseguir algo más importante.

Los adultos, en este libro, son los verdaderos protagonistas. Son como siempre deberían ser los mayores.

Esta historia puede sucederte en cualquier sitio y a cualquier edad.

Yo creo en dragones, sobre todo en aquellos que con apariencia de montaña, árbol, nube, mar o río pasan desapercibidos para poder existir entre nosotros.

Los dragones no siempre tienen el aspecto de los que aparecen en este libro, porque una de sus características es su físico cambiante. Pueden adquirir el aspecto que deseen, incluso el humano.

Tenemos que prepararnos para encontrar muchos dragones en nuestra vida y actuar con sabiduría ante lo que nos parece diferente o peligroso.

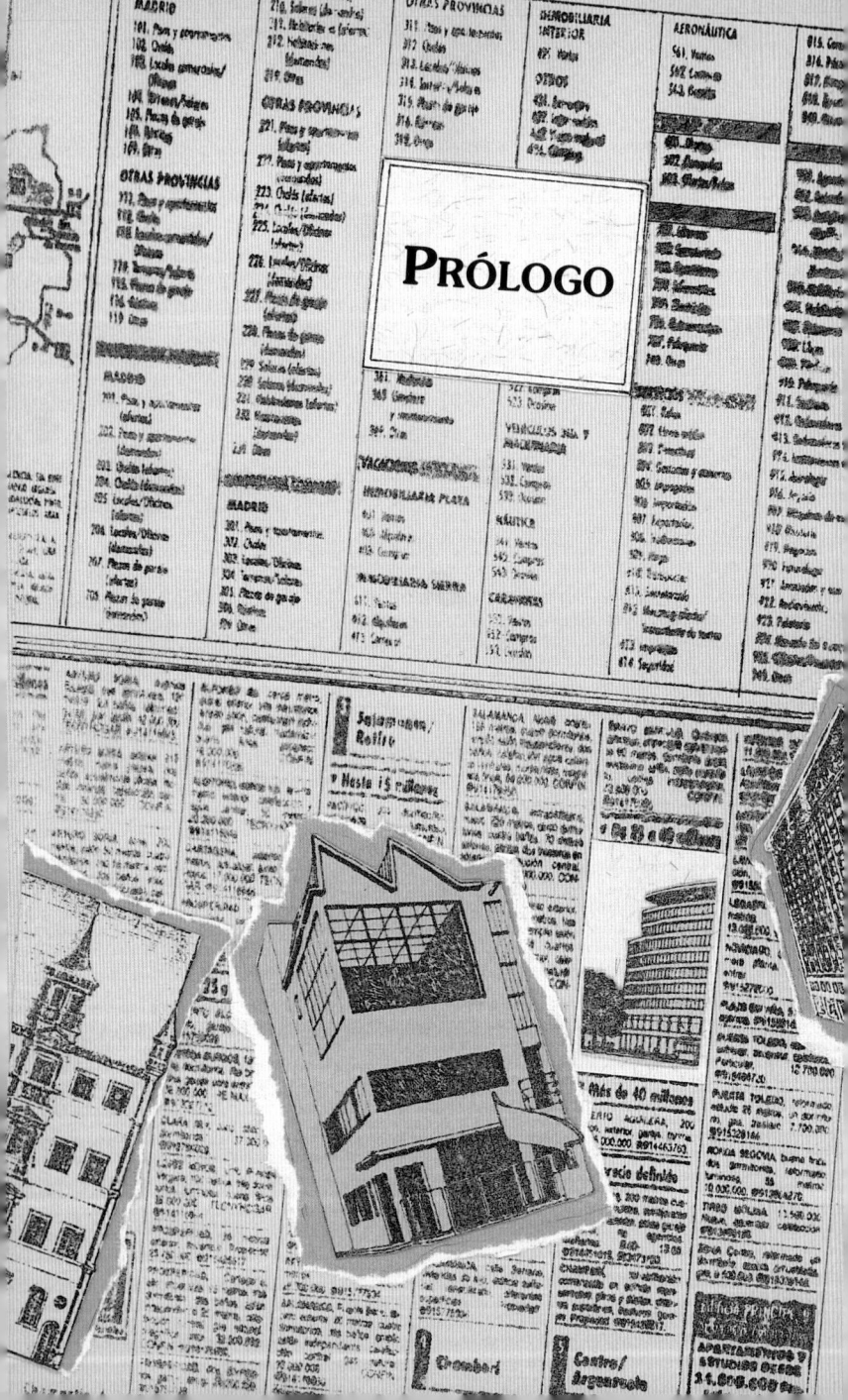

PRÓLOGO

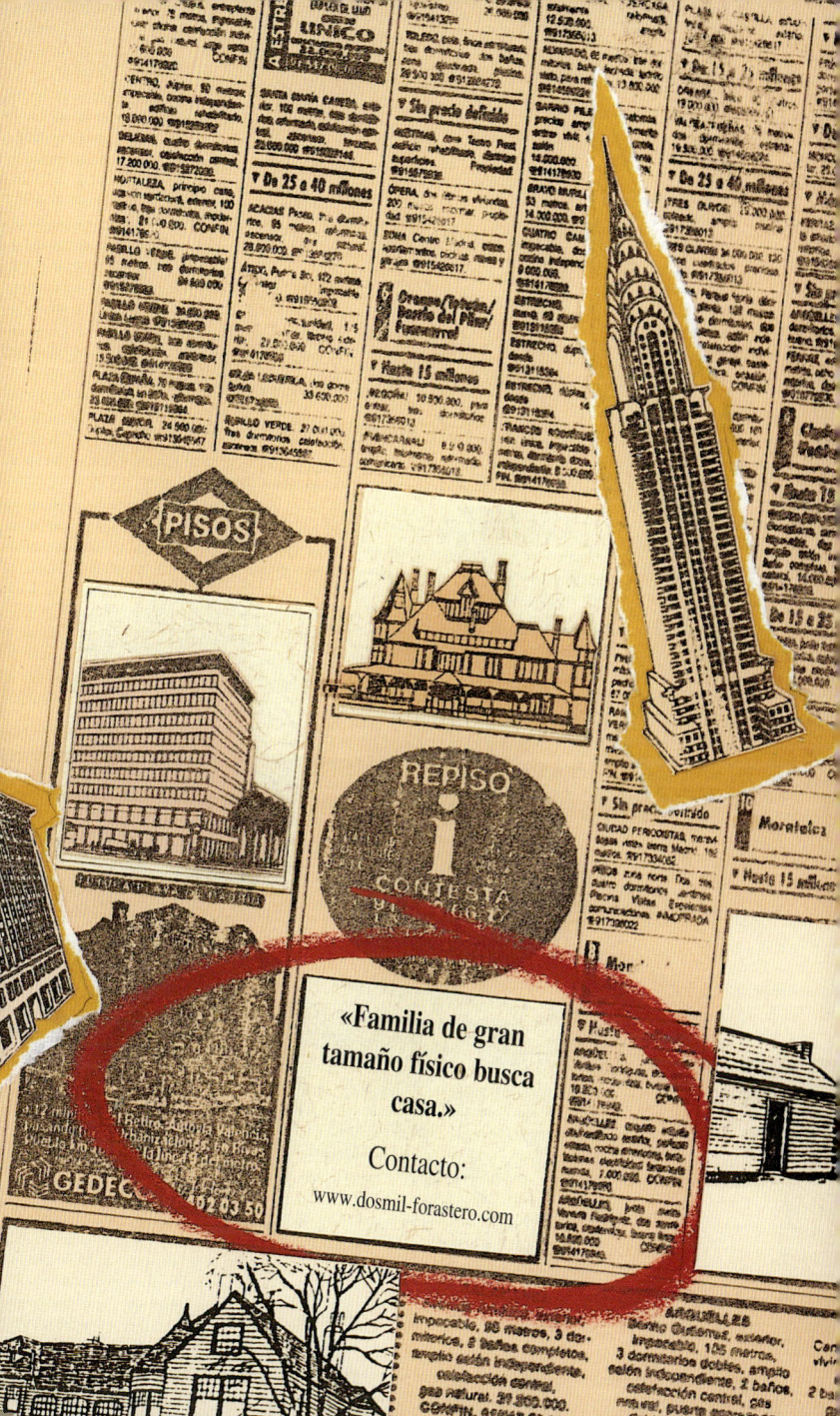

«Familia de gran tamaño físico busca casa.»

Contacto:
www.dosmil-forastero.com

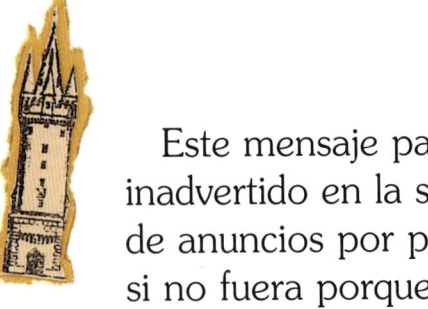

Este mensaje pasaría inadvertido en la sección de anuncios por palabras si no fuera porque a papá le gusta leer desde la primera hasta la última letra del periódico.

En la página siguiente se ofrecían muchos tipos de casas: casas de una planta, casas de dos plantas, pisos en edificios altos, áticos con hermosas vistas, bajos con bonitos patios, chalés con fincas, naves industriales, casas antiguas, casas modernas, un palacio y hasta un castillo en ruinas para restaurar.

LA CIU...   HIRIA
THE CITY   A CIUDADE
LA CITTÀ   DIE STADT
LA CIUTAT   LA VIELLE

THE CITY · LA CITTÀ · A CIUDADE · LA CIUTAT · HYRYA · DIE STADT · LA VIELLE

Papá comentó:
—Gran tamaño,... ¡ni que fueran monstruos!... ¿Os imagináis unos monstruos viviendo en la ciudad?
—Pues no estaría mal; algunos humanos son como monstruos —dijo mamá riéndose.

Eso sólo pasa en las películas.

1
PRIMER DÍA DE COLEGIO

El dragón del agua que produce viento y lluvia.

Lo que sucedió días después pasó en mi colegio. ¿Por qué sucedió en el mío? No lo sé, pero ahora sé que puede pasar en cualquier colegio del mundo.

Era miércoles, 15 de septiembre. Primer día de clase. Nunca podré olvidar aquel día.

Yo iba al colegio con papá, mamá y Andrés, mi hermano pequeño.

Andrés iba gritando, pataleando y llorando. Era su «primer día». Pero, en realidad, a mí me parece que Andrés siempre llora por todo; que si le pego, que si le quito el juguete, que si por esto, que si por aquello o por lo de más allá.

Es un pesado.

Papá y mamá quieren mucho más a Andrés que a mí.

Cuanto más me dicen todo lo que me quieren, más seguro estoy de que lo dicen sólo porque se sienten culpables de no quererme.

Yo soy Jorge, el más malo de la clase. Iba de mal humor, así que, cuando mamá me pidió la mano para cruzar la calle, le dije que no, que sabía cruzar solo.

Mamá me dijo que era un desobediente y, como siempre, se enfadó conmigo.

Y es que, realmente, no me quieren.

Yo también me enfadé, pero le di la mano, porque sé que ella se enfada más y, al final, siempre gana.

Papá y mamá se pasaron
todo el camino intentando
consolar a Andrés:

—Te lo vas a pasar muy bien
—decía mamá.

—Vas a hacer muchos amigos
—decía papá.

—Vas a aprender muchas cosas
—continuaban.

Y un sinfín de todas esas extrañas
ideas que tienen los adultos sobre
el colegio.

A mí seguían sin decirme nada.
No me quieren.

Andrés lloraba y lloraba.
Sólo se calló al prometerle
un regalito cuando
terminara la clase.

¡Qué cara más dura!
Seguro que lloraba
de mentira.

Yo no tenía ganas de ir
al colegio.
No me lo paso bien,
siempre me regañan.
No tengo muchos amigos.
Todos dicen que soy un niño malo:
Malo porque tiro del pelo.
Malo porque empujo.
Malo porque tiro arena.
Malo porque contesto mal
y me peleo.
Malo porque siempre
juego a los «malos»
en el recreo.

Malo porque me invento motes para hacer rabiar. Por cierto, os puedo soplar la fórmula para inventar buenos motes:

1 Observa la característica del «moteado» que se quiere «motear».

2 Busca la palabra que mejor defina esa característica especial o, si quieres que el mote sea original, busca luego el contrario de esa característica.

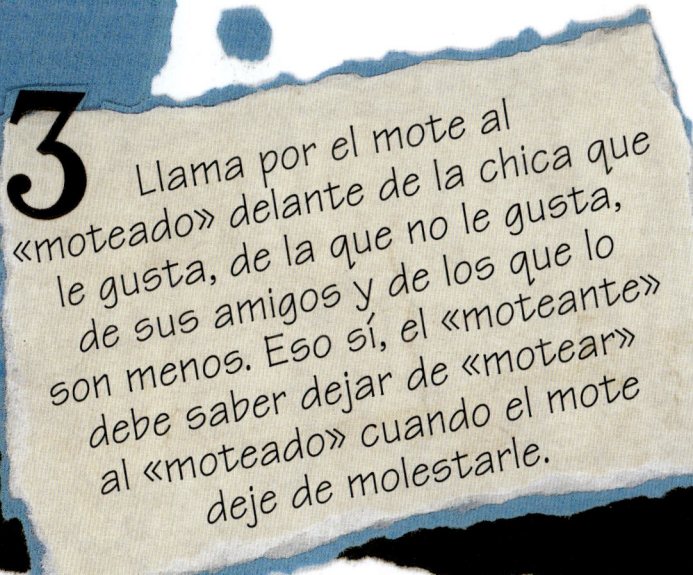

3 Llama por el mote al «moteado» delante de la chica que le gusta, de la que no le gusta, de sus amigos y de los que lo son menos. Eso sí, el «moteante» debe saber dejar de «motear» al «moteado» cuando el mote deje de molestarle.

Os dibujo unos ejemplos:

A alguien que tiene ojeras

Mote vegetal

A alguien que se pone rojo

Mote animal

«Mapache»

«Tomatito»

Mote mineral

A alguien sin pelo

Mote retorcido

A alguien tozudo

«Pelucas»

«Cabeza de hierro»

Al llegar vimos
y oímos mucho jaleo
en la puerta del «cole».
 En la puerta estaban
los seres más asombrosos,
increíbles, impresionantes,
alucinantes y espectaculares
que os podáis imaginar.
Era una familia inmensa.
 Recordé el anuncio
del periódico; no creo que
exista una familia de mayor
tamaño.

2

PRIMER DÍA DE COLEGIO
FAMILIA DE GRAN TAMAÑO...

> Es característico del dragón chino vivir en las nubes y dar allí a luz a sus crías sin bajar a la tierra.

Delante de la puerta del colegio había una familia de dragones.

Si, sí, habéis leído bien. Había una familia completa de dragones. Un dragón grande, uno mediano, otro pequeño, y un extraño carrito con un huevo, como de gallina, pero mucho más grande.

Apenas si hay dos dragones iguales. Éstos, excepto por el tamaño, eran idénticos en la forma; sólo variaba el color: rojo, verde y azul.

El huevo era amarillento.

Yo he leído algo sobre dragones y sé un poco sobre ellos:

La serpiente es serpiente, se arrastra y se enrosca.

Pero si tiene alas, entonces ya es un dragón.

Una serpiente con alas es el dragón más básico; a partir de ahí los dragones se complican y se mezclan con más animales. No todos los dragones vuelan.

La única condición para que sea dragón es que no tenga nada humano.

El dragón tiene cuerpo de serpiente o cocodrilo, está cubierto por escamas de pez, tiene piernas y alas. En ocasiones, la cabeza es de águila, o de halcón, incluso puede tener muchas cabezas. Puede tener patas delanteras y a veces cabeza de león. Si tienen cuernos, oyen a través de ellos.

Estos dragones no eran así.
Yo creo que eran dragones chinos:
con las orejas puntiagudas
de un buey,
las patas de un tigre,
las garras de un águila,
los cuernos de un unicornio,
la cabeza como de un camello
pero mucho más larga,
los ojos muy grandes, de conejo,
el cuello de una serpiente,
el cuerpo de un gallo,
las escamas de un pez
y el vientre de una rana.

Sus colas terminaban en una pequeña cabeza de pájaro, por lo tanto eran dragones buenos.

Si hubieran terminado en aguijón de escorpión, estaríamos ante una familia de dragones malos.

3

PRIMER DÍA DE COLEGIO

¿PUEDEN LOS DRAGONES IR AL COLEGIO?

El dragón de la tierra ocasiona el curso de los ríos, pero no puede volar.

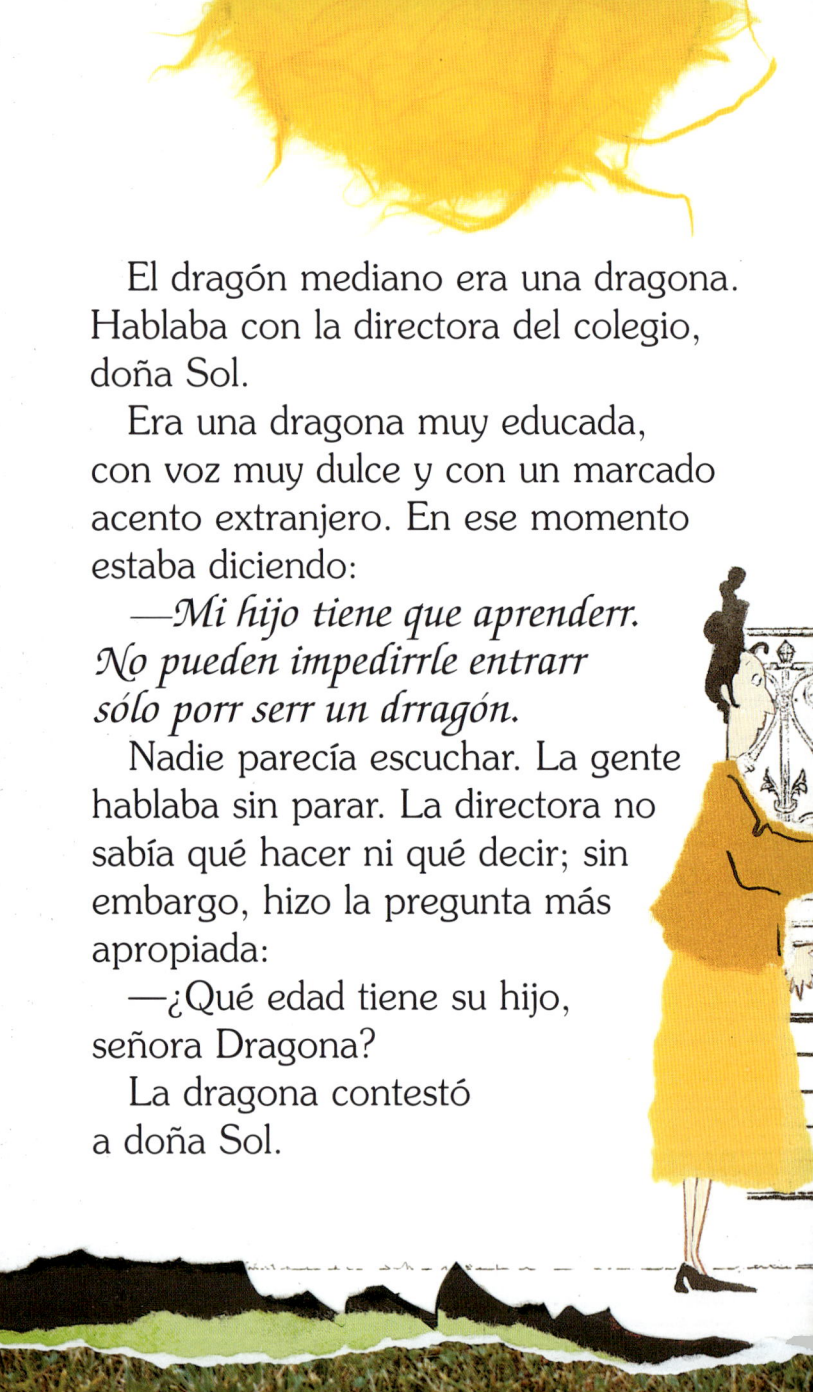

El dragón mediano era una dragona. Hablaba con la directora del colegio, doña Sol.

Era una dragona muy educada, con voz muy dulce y con un marcado acento extranjero. En ese momento estaba diciendo:

—*Mi hijo tiene que aprenderr. No pueden impedirrle entrarr sólo porr serr un drragón.*

Nadie parecía escuchar. La gente hablaba sin parar. La directora no sabía qué hacer ni qué decir; sin embargo, hizo la pregunta más apropiada:

—¿Qué edad tiene su hijo, señora Dragona?

La dragona contestó a doña Sol.

¡Vaya! Por los años que dijo, le tocaba ir a mi clase.

No sentí alegría. No se podía seguir siendo el más malo de la clase con un dragón por compañero.

La mamá dragona y doña Sol continuaban hablando:

—*Perrrro aquí tengo la carrta en donde me comunican que mi hijo está aceptado parra entrarr en este colegio.*

Doña Sol leyó la carta con atención y preguntó:

—Según la carta, les faltaba fijar su residencia. ¿Está eso solucionado?

—*Ssí, precissamente pussimos un anuncio en el periódico, y esstamos viviendo en una nave indusstrial con mucho esspacio y muy luminossa* —contestó ahora el papá dragón, con voz ronca.

Entonces, la directora dijo algo que nos dejó asombrados a todos:

—Hay que decidir si el pequeño... ¿Cómo se llama su hijo, señora Dragona?

—*Nabú-Zu* —contestó la dragona—, *perrrro todos le llamamos Nabú.*

—Hay que decidir —repitió la directora— si Nabú-Zu, se queda o no en el colegio. ¡Un poco de orden, por favor! No entiendo nada.

Y no me extraña. ¡Menudo follón se organizó!

4

PRIMER DÍA DE COLEGIO

¿Y POR QUÉ NO PUEDEN LOS DRAGONES IR AL COLEGIO?

Aquello no se parecía
nada a los primeros días de clase
que yo recordaba. Nadie lloraba.
Nadie estaba triste. Todo el mundo
estaba alterado hablando y opinando
del dichoso dragón.

Diana, que es una chica muy decidida, dijo:

—El dragón no puede estar en clase porque no cabe por la puerta.

El papá de Noelia, que es albañil y construye casas muy bonitas, dijo:

—Yo podría hacer una entrada más grande para él.

—Entonces la puerta ya no es problema —dijo doña Sol.

¡No quiero que se quede!

—No se puede sentar en las sillas, son muy pequeñas —dijo Juan Antonio.

—Yo construiré un pupitre grande especial para él —dijo el padre de Cristina, que era carpintero.

—El problema del pupitre está solucionado —dijo doña Sol.

¡Yo no quiero que se quede!

—Se comerá toda la comida del comedor —dijo Sofía, que era bastante tragona.

La mamá de Ágata, la niña que salvó al gatito el curso pasado, dijo:

—Yo compraré la fruta para el dragoncito durante todo el curso.

Siguiendo su ejemplo, el carnicero, la pescadera y el panadero ofrecieron alimentos para todo el curso.

¡Yo no quiero que se quede!

—¡Pues busca otro motivo! —me contestó doña Sol con severidad.

Fernando Ramos tenía un vivero. Él también quería aportar algo, pero no sabía qué ofrecer:
—Yo... yo arreglaré los jardines del patio para que tengan más espacio donde jugar, y plantaré más árboles para que den sombra.

—¡Huele mal, huele muy mal! —dijo Noelia.

Se hizo un silencio. La higiene era muy importante.

Pero la peluquera dijo:

—Yo le haré un tratamiento a toda la familia con champús, jabones y colonias.

El mecánico y la peluquera eran novios.

—Yo te ayudaré. En mi taller, donde se lavan los coches, será fácil bañarlos —dijo el mecánico.

¡Yo no quiero que se quede!

—Nos contagiarán horribles enfermedades —se oyó decir.

La farmacéutica ya había pensado en ello: estaba segura de convencer a su prima Concepción, la veterinaria, para que les hiciera las revisiones de rigor y les pusiera las vacunas correspondientes.

Pero ¡yo no quiero que se quede!

—Se pueden comer a nuestros animales —dijo David pensando en sus perritos.

—*¡Oh, no! Loss dragoness no comemoss carne viva* —dijo esta vez el papá dragón, casi escandalizado.

—No puede usar el baño, nos lo va a romper —dijo Emilio.

La mamá de Gonzalo era diseñadora de interiores y dijo:

—Siempre me hizo ilusión diseñar un cuarto de baño para gigantes.

—Yo te ayudaré con el material que se necesite —dijo el padre de Guillermo, que era fontanero.

¡Yo no quiero que se quede!

—¿Y... si nos hace daño con sus uñas y dientes? —dijo Cristina, preocupada.

—*Es muy bueno, está muy bien educado. Además, si se porrta mal, pueden ustedes tratarrle como a los demás niños* —dijo la mamá dirigiéndose a las profesoras.

La mamá de Natalia, que era pediatra, dijo:

—Yo les daré mi número de móvil para cualquier urgencia; podrán llamarme a cualquier hora.

—Nosotros también ayudaremos —dijeron los padres de Daniel, que eran practicante y enfermera.

Yo volví al ataque:

¡No quiero que se quede! Es un dragón, tiene fuego; de la boca de los dragones salen llamas como de tizones encendidos.

—*Los drragones sabemos dominarr el fuego. Todos vosotros, supongo, sabrréis dominarr el pis* —contestó la mamá dragona, dirigiéndose a los niños—; *pues a los drragones nos sucede lo mismo con el fuego. No tenéis que prreocuparos.*

Todos asentimos. Bueno, todos no porque, al hablar del pis, Andrés se puso colorado.

El padre de Javier era bombero y dijo:

—Yo estaré siempre alerta, ya tienen mi número de «busca», por si las moscas.

—Pues si el fuego tampoco es motivo, no veo otros argumentos para no dejarle entrar. Podríamos ponerle a prueba —decidió doña Sol.

El papá dragón, agradecido, añadió:

—*Podemoss ofrecer nuestrass escamass de invierno, que pueden susstituir cualquier combusstible para la calefacción y el agua caliente de todo el colegio .*

A doña Sol pareció encantarle la idea. Esas escamas eran un combustible muy apreciado por su gran calidad y limpieza.

—Pero ocupará mucho sitio y no podremos jugar en el patio —dijo todavía otro niño.

—*Todo lo contrrario* —le contestó mamá dragona—; *el tiempo de recrreo mi hijo debe dorrmirr. Mientrras duerrme, su cuerrpo se vuelve similarr a la gelatina; podrréis utilizarrlo como una enorme colchoneta, su lomo como un magnífico tobogán y su espalda como escalerra. Luego, sólo tenéis que despertarrlo y volverr a clase.*

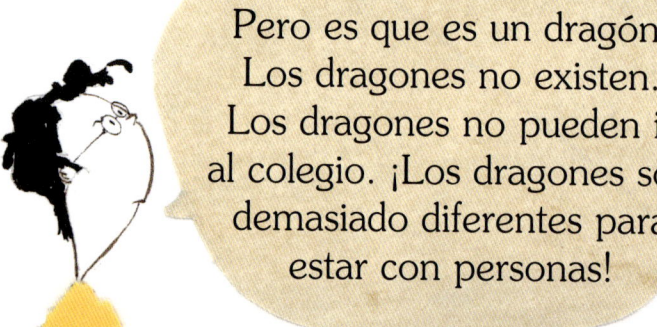

Pero es que es un dragón. Los dragones no existen. Los dragones no pueden ir al colegio. ¡Los dragones son demasiado diferentes para estar con personas!

—Bueno —dijo Paloma, nuestra nueva profesora—, estos dragones parecen dragones inteligentes, dragones del nuevo milenio. ¡Dejemos a Nabú-Zu estudiar con nosotros!

Unos, más conformes, otros, menos. Todos terminaron diciendo que sí.

Papá me dijo en voz alta:

—Nosotros podemos ofrecer mucho también.

Me hizo sentir bien, me habló como si fuera mayor y tuviera que comprender algo importante.

Mamá, con mirada preocupada, me dio un beso; después, papá me dio otro. Andrés y yo entramos en el colegio. Ahora que recuerdo, a mi hermano no le dieron un beso.

Nabú-Zu entró detrás de nosotros.

5
PRIMER DÍA DE COLEGIO
CUESTIÓN DE ESTÓMAGO

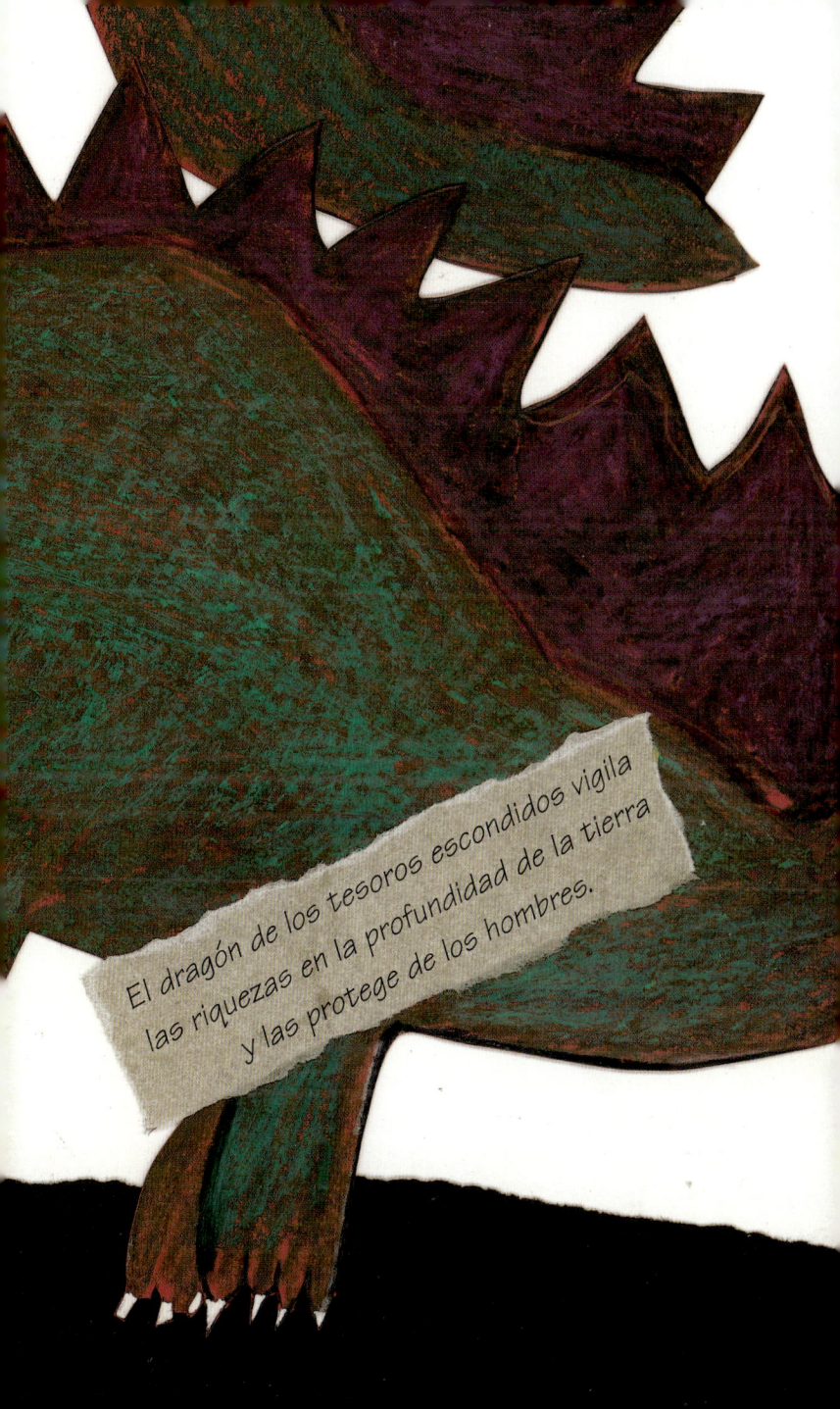

El dragón de los tesoros escondidos vigila las riquezas en la profundidad de la tierra y las protege de los hombres.

Por fin comenzó el curso. Paloma decidió que los primeros días diéramos las clases en el gimnasio mientras se hacían las reformas para acomodar a Nabú-Zu. Pasada la primera hora de novedad, en la que nadie pudo dejar de mirar al dragón, hicimos vida normal como si siempre lo hubiéramos tenido en clase.

A las doce y media no había pasado nada especial, excepto que a todos nos rugían las tripas como si tuviéramos un dragón dentro.

Nabú-Zu iba cambiando de color. Los dragones comen mucho más que los niños.

Sabíamos que para comer había chorizo con huevos fritos.

En el plato de Nabú-Zu echarían mucha guindilla

y de beber le
pondrían gasolina
sin plomo, que es lo
que beben todos los dragones.

Yo me había colocado
lo más lejos que pude
de Nabú-Zu,
y le miraba
con cara de
pocos amigos.
Él parecía
notarlo.

Mis amigos, los que siempre reían mis pifias, decían:

—¡Cómo mola! Un dragón en el colegio. Nos lo vamos a pasar bomba.

Me sentía solo. Solo y enfadado. Era como si el dragón fuera yo en vez de él.

Fuera estaba cayendo una gran tormenta. Media hora antes de la hora de la comida se fundieron los plomos y se fue la luz.

Lo peor no era que estuviésemos a oscuras. Lo peor era que las cocinas no funcionarían, pues eran eléctricas.

Si las cocinas no funcionaban, la comida no se podía hacer.

Si la comida no se podía hacer, no iba a haber nada que comer.

Nabú-Zu no había hablado todavía. Así que cuando empezó a hablar se hizo un silencio absoluto. Para entenderlo había que concentrarse mucho, pues hablaba un poco al revés.

—*comer poder para problema es no electricidad La.*

chorizo el y huevos los freír puedo Yo.

apartáis os y sartén una en todo ponéis Lo.

sartén la bajo fuego mi Dirigiré.

punto su en quedará comida La.

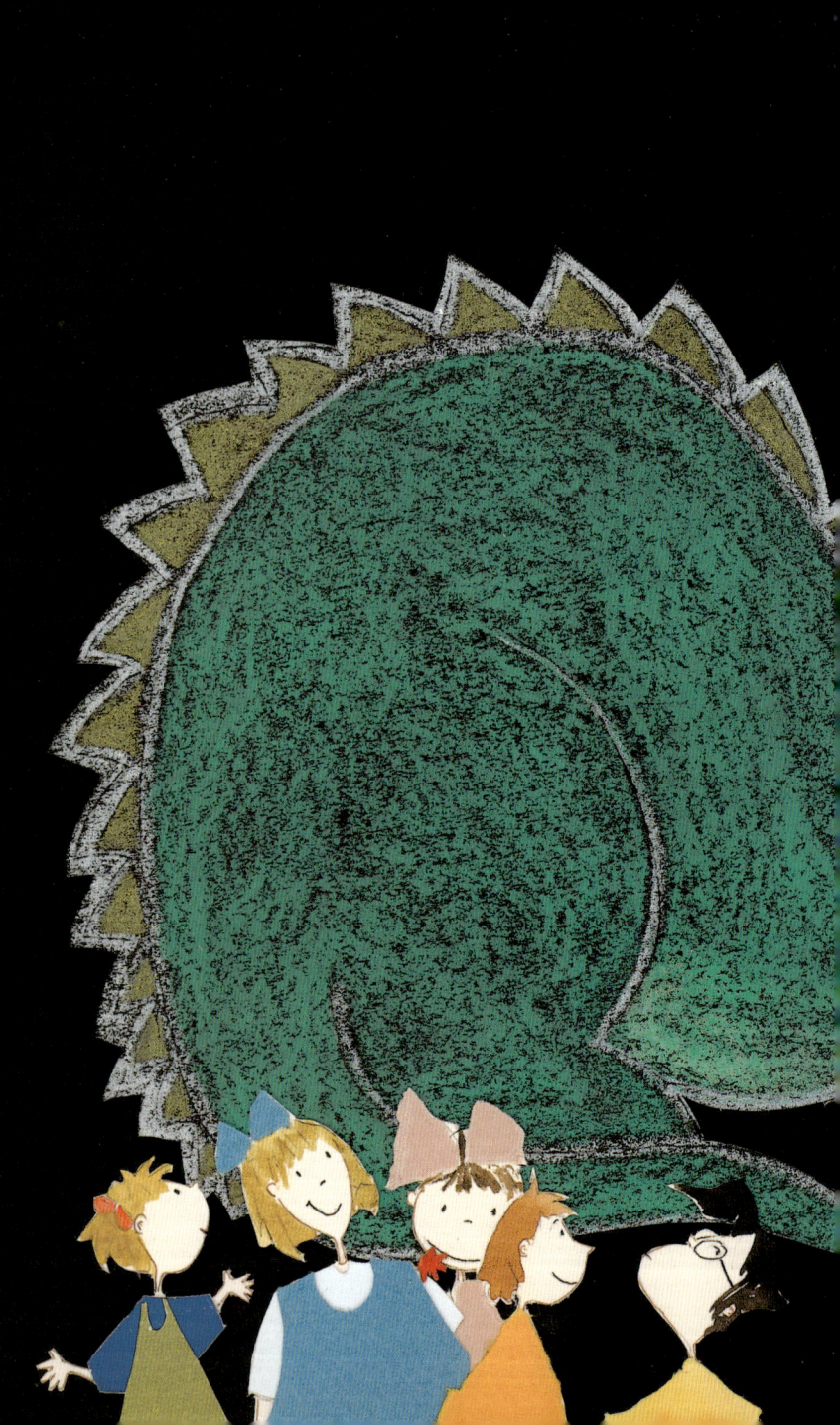

¡Qué alegría nos entró! Confieso que a mí también. Una cosa es estar enfadado y otra muy diferente es pasar hambre. Además, con hambre se está más enfadado.

Todo se hizo como Nabú-Zu indicó. Con 100 sartenes llenas se cocinó la comida de todo el colegio.

Entre sartén y sartén, la cocinera daba a Nabú-Zu dos cajas de fósforos, una botella de aceite de oliva y un frasco de alcohol del botiquín para recuperar fuego.

Después de comer estábamos muy contentos. Yo también lo estaba, pero no lo hubiera reconocido nunca.

—*sueño mucho entra nos dragones los a comer de Después* —dijo Nabú-Zu—.

dormirnos evitar podemos No. especial silbido un con despierten nos que Necesitamos.

La directora nos hizo una prueba a todos los niños y niñas del colegio para ver qué silbido se ajustaba al tono necesario para poder despertarle.

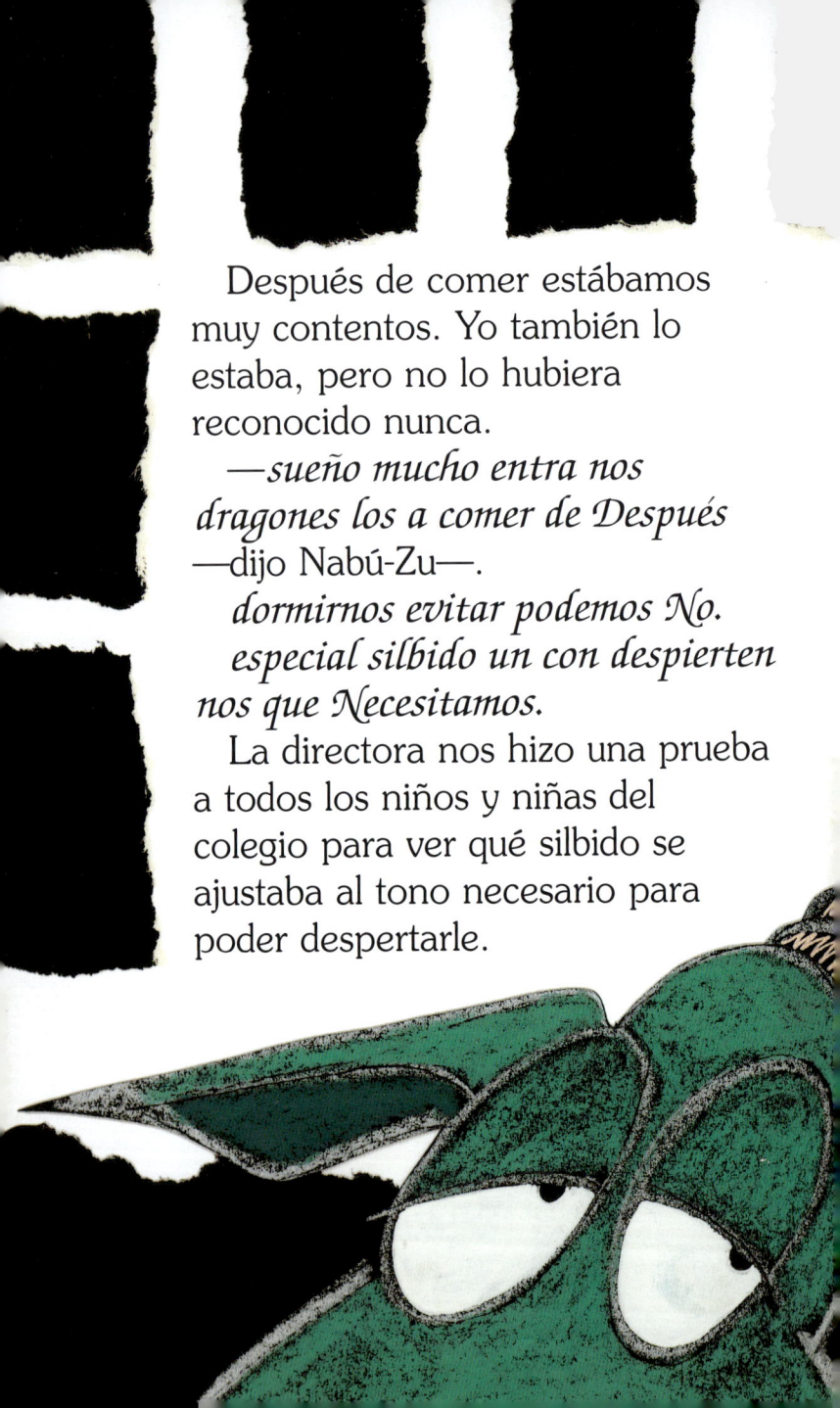

Era un trabajo importante, todos deseábamos ser su despertador.

¿A que no sabéis a quién escogió como guardián de su sueño?

Pues sí. ¡Lo habéis adivinado! A mí. A Jorge.

Aún hoy no salgo de mi asombro.

—*despertarme olvides No* —dijo Nabú-Zu, mirándome, antes de quedarse profundamente dormido.

Desde aquel día dejé de ser el malo de la clase. Me convertí en el *Guardián del Sueño del Dragón*; en realidad estaba deseando ser un niño normal; yo era el malo porque quería ser diferente, quería que me prestaran atención, pero si alguien del tamaño de un dragón llama la atención por ser bueno, yo no iba a ser menos. Me acerqué para susurrarle al oído:

EPÍLOGO
¿DEJARÍAS ESTUDIAR A UN DRAGÓN CONTIGO?

EL DUENDE VERDE

TÍTULOS PUBLICADOS
Serie: a partir de 6 años

- **81.** *¡Qué mala cara tienes!*. Javier Vázquez.
- **88.** *Una jirafa de otoño*. Andrés Guerrero.
- **89.** *Pisco pasea por la ciudad*. Martín Casariego.
- **90.** *El hijo del viento*. Ricardo Alcántara.
- **91.** *El arca de Noemí*. Javier Olivares.
- **92.** *El cuaderno de hojas blancas*. José María Merino.
- **97.** *No eres una lagartija*. Concha López Narváez.
- **99.** *Pisco sueña con el Capitán Caimán*. Martín Casariego.
- **100.** *Regreso al cuaderno de hojas blancas*. José María Merino.
- **106.** *Días de perros*. Violeta Monreal.
- **107.** *Pisco y la boda del Capitán Caimán*. Martín Casariego.
- **110.** *Martín y la princesa Ylady*. Ricardo Alcántara.
- **113.** *Días de gatos*. Violeta Monreal.
- **114.** *Adiós al cuaderno de hojas blancas*. José María Merino.
- **116.** *El mono que quería leer*. Norma Sturniolo.
- **119.** *No quiero un dragón en mi clase*. Violeta Monreal.

TÍTULOS PUBLICADOS
Serie: a partir de 8 años

1. *A bordo de La Gaviota.* Fernando Alonso.
2. *El hijo del jardinero.* Juan Farias.
3. *Oposiciones a bruja y otros cuentos.* José Antonio del Cañizo.
5. *Cuatro o tres manzanas verdes.* Carmen Vázquez-Vigo.
11. *El faro del viento.* Fernando Alonso.
14. *Unos zuecos para mí.* Carmen Pérez-Avello.
17. *Historia de una receta.* Carles Cano.
21. *El tesoro de las mariposas.* M.ª Antonia García Quesada.
25. *En Viriviví.* Consuelo Armijo.
27. *Alejandro no se ríe.* Alfredo Gómez Cerdá.
28. *El robo del caballo de madera.* Joaquín Aguirre Bellver.
31. *Don Inventos.* M.ª Dolores Pérez-Lucas.
32. *Cuentos de cinco minutos.* Marta Osorio.
34. *El último de los dragones.* Carles Cano.
35. *Memorias de una gallina.* Concha López Narváez.
36. *El inventor de mamás.* Braulio Llamero.
41. *El Archipiélago de la Cabra.* Antonio Rubio.
42. *La ciudad que tenía de todo.* Alfredo Gómez Cerdá.
49. *La llamada de las tres reinas.* Xoán Babarro, Ana M.ª Fernández.
50. *El pequeño davirón.* Pilar Mateos.
53. *Mi amigo el unicornio.* Antonio Martínez Menchén.
55. *La gallina que pudo ser princesa.* Carles Cano.

56. *Mágica radio.* Francisco J. Satué.
57. *El planeta de Mila.* Carlos Puerto.
61. *Amelia, la trapecista.* Ricardo Alcántara.
62. *Una semana con el ogro de Cornualles.* M. A. Pacheco.
64. *Aventuras de Picofino.* Concha López Narváez.
65. *La aventura peligrosa de una vocal presuntuosa.* Angelina Gatell.
70. *No se lo cuentes a nadie.* M. Assumpció Ribas.
71. *Las desventuras de Juana Calamidad.* Paco Climent.
75. *La bici Cleta.* Daniel Múgica.
77. *En mi casa hay un duende.* Antonio Martínez Menchén.
80. *De hielo y de fuego.* M.ª Dolores Pérez-Lucas.
83. *Juana Calamidad contra el hombre-lobo.* Paco Climent.
84. *Cara de Almendra.* Juan Tébar.
85. *Los superhéroes no lloran.* Manuel L. Alonso.
95. *Estrella siente el tiempo.* M. Assumpció Ribas.
101. *El gran amor de una gallina.* Concha López Narváez.
102. *El último elefante blanco.* Marta Osorio.
103. *La niña que no quería hablar.* Antonio Martínez Menchén.
109. *Una historia sin nombre.* Antonio Martínez Menchén.
117. *Juana Calamidad y la casa encantada.* Paco Climent.
118. *Antón y los baños de luna.* Norma Sturniolo.